잔을 부딪치는 것이
도움이 될 거야

# 잔을 부딪치는 것이
# 도움이 될 거야

시요일 엮음

시요일

차례

김
영
승

친구들이 나한테 모두 한마디씩 했다. 너는 이제 폐인이
라고

규영이가 말했다. 너는 바보가 되었다고

준행이가 말했다. 네 얘기를 누가 믿을 수

있느냐고 현이가 말했다. 넌 다시

할 수 있다고 승기가 말했다.

모두들 한 일 년 술을 끊으면 혹시

사람이 될 수 있을 거라고 말했다.

술 먹자,

눈 온다, 삼용이가 말했다.

# 겨울보리 푸르른 들

—삼동일기 2

고
재
종

오동지 섣달 오갈 데 없어 겨울 들판에 나선다. 친구 하나 변변히 없는 외진 굴형 속, 홀로 주막에 들러 쓴 소주 서너 잔 마시고 뺨 때리는 바람 맞으며 들길을 걷는다.

나무들 헐벗고 메마른 풀잎 날으는 텅 빈 들녘, 저만큼 갈가마귀떼는 하늘을 선회하며 스산한 울음을 바람결에 뿌리고 그 바람소리 귓전에서 웅웅 맴돌아 내 외로움의 깊이를 더해주는 겨울 들에서, 가만히 입술 달싹거리며 그 누구 그 무엇에 대한 그리움의 이름을 토해보지만, 살면서도 살아가면서도 더는 내일이 없는 우리 이 땅에서 차라리 바람 되어 흐르고 싶은 한숨이 얼어붙어 잿빛 하늘 더욱 갈앉는지 모른다.

그러나 만 년을 앗기고 상처 입고도 이 겨울엔 노상 텅 빈 것으로 봄을 꿈꾸는 이들의 뜻으로, 이 엄동에도 여전히 보리는 파아랗게 저 홀로 눈먼 세월을 매맞는 양하여 아직 나도 생목숨 청청히 들길을 걷는다.

# 고향 앞에서

오
장
환

흙이 풀리는 내음새
강바람은
산짐승의 우는 소릴 불러
다 녹지 않은 얼음장 울멍울멍 떠나려간다.


진종일
나룻가에 서성거리다
행인의 손을 쥐면 따듯하리라.


고향 가차운 주막에 들려
누구와 함께 지난날의 꿈을 이야기하랴.
양구비 끓여다 놓고
주인집 늙은이는 공연히 눈물지운다


간간이 잿내비 우는 산기슭에는
아즉도 무덤 속에 조상이 잠자고
설레는 바람이 가랑잎을 휩쓸어간다.


예 제로 떠도는 장꾼들이여!
상고(商賈)하며 오가는 길에

혹여나 보셨나이까.


전나무 우거진 마을

집집마다 누룩을 듸듸는 소리, 누룩이 뜨는 내음새······

# 물류창고

이수명

어두워서 잠이 오지 않아

나도 잠이 오지 않는다

어둠 속에서는 눈을 감을 수가 없어 어둠이 보고 있을
때는
잠을 이룰 수가 없어 잠은 엉터리여서
자고 있을 때는 어디를 다쳤는지 알 수가 없어

와인이 도움이 될 거야 잔을 부딪치는 것이 도움이 될
거야
나도 돕는다 같이 마신다

오늘은 머리를 서쪽으로 하고 누웠지
잠은 잘 있습니다

잠을 자는 동안에는 몸이 줄어들어
자고 나면 몸이 다 사라질 거야

다시 일어날 수 없을 거야 이미 깨어 있어서

언제나 깨어 있어서

다시는 깨어나지 못해 아무도 나를 깨우지 못해


나도 그를 깨우고 싶지 않다


이윽고 환해서 아주 많이 환해져서 우리가 하는 말은

모두 틀려버릴 거야


그러나 아침이 오면

나는 아직 눈을 뜨고 있는 것 같다

# 혼자 있기 싫어서 잤다

유진목

집에 일찍 들어와 소주를 마시고 잤다 그런 날은 철봉
에 거꾸로 매달린 꿈을 꾼다 흔들 흔들 해가 지는 저녁이
다 바람이 불고 흙먼지가 인다 아이들이 집으로 돌아가고
있다

혼자서 잘 있어야 한다고 일기에 적었다 남은 소주를
마시고 일찍 잤다 어쩌다 잘못 깨어나면 밖으로 나가 한
참만에 돌아왔다 내일은 다른 집에 있는 꿈을 꾸었다

집에 누군가 있는 것 같았다

나인 것 같았다

# 황혼병 · 4

이
문
재

잠 언저리로 샐비어들
가을, 갈바람은 숫돌 같은 바다를 달려와
날카롭구나 잊혀진 것들
피를 흘린다

잠속에서 울었던 울음들이
생선과 함께 마르고 있구나
저녁의 붉은 갯내음 씻으려
소주를 따르다가 다시
잠든다
추락한다

하찮아지고 싶었다
내 그림자만 해도 무거웠다

# 그런 일이 어됐노 경(經)

박
규
리

하늘이 두 쪽 나도 당신은 내 맘 모를 깁니더
땅이 두 번 갈라져도 당신은 내 맘 모를 깁니더
하, 세상이 왕창 두 동강 나도 하마
당신은 내 맘 모를 깁니더
지금 이 가슴 두 쪽을 쫘악 갈라보인다 캐도
참말로 당신은 내 맘 모를 깁니더
.........


술 깼나 저녁 묵자

# 장화

이
정
록

술도가 딸기코 주씨, 술탱크 젓다가 거꾸로 처박혔다 첨
벙! 뚱보 주인장이 달려나왔다 술맛 다 버렸군 일하기 싫
다고 장화를 처넣어 넌 오늘로 해고야! 안방 사무실로 쾅!
들어가버렸다 항아리에 빠진 주씨의 숨넘어가는 소리는
듣지 못하고 둥둥 떠 있는 장화만 본 것이다 왕창 막걸리
들이켠 주씨, 병원차에 실려갔다 주씨의 장화도 실컷 술
마셨다 이 일이 뭐가 힘들담! 며칠째 구시렁구시렁 문병도
안 가고 혼자 일하던 뚱보 할아버지도 술탱크에 처박혔
다 나란히 병실에 누웠다 병원 가득 술냄새 풀풀 났다 아
지랑이도 등 돌린 채 비틀거렸다 문 닫은 양조장 처마 밑,
장화 두 켤레도 흠뻑 취해 누워 있다

# 자존

김
언

마음 하나 뗐는데 말이 멋있다. 술을 따른다.

멋있지 않아도 좋으니까 이걸 좀 세워달라. 술잔은 많다.

변명도 많고 내가 말하고자 하는 요지는 어느 술자리에서든 마찬가지

꼬리를 남기고 사라진다. 마음이 사라진다고 편안해질까?

몸이 사라진다고 정말 어두워질까? 나는 사라진 적이 없는

사람의 말을 믿고 따르고 의심하고 행동하고 자제하고

두둔해본 적이 없는 사람의 말을 믿을 수 없다.

당신은 술을 따른다. 마음 하나 뗐는데


모두가 개인으로 돌아오고 있다. 한 사람씩 무기력하게 짖는다.

개가 없어도 괴롭다. 마음이 없어도

여러 동물들이 짖는다. 감정도 없이

나는 내 출생지에서 빠져나오지 못했다.

그걸 고향이라고 부를까 나라고 부를까

아니면 부들부들 떨고 있는 이 바깥의 짐승들에게

이거라도 세워달라고 몸 대신 일으키는 그것을 뭐라고

부를까?

  나는 부른다. 어서 와서 앉으라고
  벌써 일어나고 없는 그에게.

# 탄 것

이근화

봄 날씨가 꽤 쌀쌀했고 으슬으슬 떨렸다. 일본식 주점에 가서 청주 한잔을 주문했다. 생선 꼬리지느러미를 태워서 잔 위에 띄워왔다. 찬물 한바가지에 띄운 꽃잎도 아니고 어리둥절했다. 부드럽고 우아한 맛을 기대했으나 태운 지느러미 때문인지 누린내가 났다. 청주의 비린내를 지느러미로 잡으려는 것일까. 알 수 없는 마음으로 홀짝였다. 얼굴이 금세 달아오르고 손발이 점차 따뜻해졌다. 마음은 심해를 누비는 어류의 것이 되었다. 물의 냄새는 물 바깥의 것이어서 나의 코는 간단히 사라지고.

북쪽 창 벽면에 응결이 지고 곰팡이가 피기 시작했다. 몇해 방치했더니 점점 심해졌고 곰팡내가 나기 시작했다. 벽에 먹물을 흩뿌린 듯했다. 검은 꽃이라면 꽃이라 할 수도. 부엌에 면한 곳이니 날마다 조금씩 나눠 마시고 있는 것인지도. 어느날인가 토스터에서 식빵이 새까맣게 탄 적이 있다. 허기와 탄내가 진동했다. 그런데 이상하게도 곰팡내가 줄어들었다. 알 수 없는 마음으로 입맛을 다셨다. 숲을 다 태운 것처럼 마음이 허전했다. 영안실 복도에서 코는 냄새를 모르고 흰 꽃들은 지나치게 희어서 가짜 같았다.

마음속에 가부좌를 틀고 앉은 이들이 있다. 마음을 먹고 쑥쑥 자라는 입 없는 몸들이 있다. 발이 부어서 더이상 걷지 못하는 이들이 있다. 내 코가 그들을 끝까지 기억할 수 있을까. 냄새의 강자들이 내 코를 가볍게 무너뜨리는 순간까지.

---

• 히레사께: 복어 지느러미를 태워서 정종에 띄운 것.

# 열대어는 차갑다

김
소
연

사월은 차갑다
사월의 돌은 더 차갑다
사월의 돌을 손에 쥔 사람은 어째서 뜨거운가
그는 어째서 가까운가


마루 아래 요정이 산다고 믿은 적이 있다
잃어버린 세계는 거기서 잘 살고 있다
이 사실만으로 뜨거워질 수 있다


하나의 문장으로도 세계는 금이 간다
이곳은 차가우므로 더 유리하겠지


뒤뚱거리는 아기처럼
닫힌 문이 뒤뚱거린다
문에게도 가능성이 있다


맥주가 목젖을 가시화한다
안주가 어금니를 가시화한다
우리의 대화를 대신한다

대화는 기억해둔 것들을 잃게 한다
사월은 유실물 보관소일지 모른다


솥에 뚜껑이 없었다면
쌀은 밥을 견디지 못했을 것이다


뜨거운 밥에 차가운 숟가락을 넣는 건
어째서 기예에 가까운가


손이 시린 자가 장갑을 낀다
손목을 그어본 자가 시계를 찬다


문이 열린다
찬바람이 들이친다


바다는 사월의 날씨를 집결한다
해파리가 뜨겁다 가오리가 가깝다
열대어는 차갑다
심해어는 내 방을 엿본다

# 소일(消日)

장석남

사기그릇을 꺼내어 소주를 부어

몇 모금씩 마시며 두부를 먹는다

빨갛게 핀 철쭉분을 바라보고 또

받침 해 세워둔 검은 돌을 바라보고 있다

돌은 눌옹(訥翁)이다

음악은 모짜르트인데 빠른 데는 명랑하고

느린 데는 구슬프다

마룻바닥의 번질번질한 기름때 위로

밖에서 아이들 노는 소리 들어와 어렸다

읽다가 덮어둔 책은 여럿인데

다시 손이 가는 책이 드물고

오류선생전(五柳先生傳)이나 다시금 들여다볼 마음이다

전화는 울리다 끊어지고 또 받으면 끊어지니

내게 무슨 어려운 일이 있는가?

우편함에 가보니 세금 고지서만 수두룩해

그냥 두고 올라온다

차(茶)도 떨어졌고

지난겨울 죽은 화분 둘

치울 일을 미루어두고 있다

벽에 걸어둔 붉은 양파자루 속에서

푸른 싹이 올라왔다

아무데나 온 봄을 미워한다

# 흔들리는 나

박
남
준

바람이 불면 그렇게 할 일이다 그 술이라든가 사람이라든가에 취하여 쓰러질 일이다 다시 눈을 뜨고 술 마실 일이다 그럴 일이다 봄이 온들, 꽃이 피어난들 아름다운 사람의 사랑도 잊혀져갈 일이다 그렇게 세월이 가고 흐르듯 가고 그리하여 술 취할 일이다 이제 술 취하지 않는다면 사람들아 그 많은 날들의 서러운 그리움을, 저 불어오는 바람을 어쩌란 말이냐

# 한낮, 대취하다

김
경
미

아침부터 벌써 골목 끝 이른 듯 개들 돌아나온다

나비 지나간 자국은 바람만이 안다

시간이 파헤쳐놓은 길은 전기공사인지 하수도공사인지
지나는 행인에겐 구별 없다

슬픔이 쓰레기인지 달빛인지 죽은 자만이 말해야 한다


광화문 식당 초면의 점심약속 어색함들 지우려 낮술들
을 마시니, 한 남자가 슬프다 한다, 흰 치자색 햇빛이 기차
표 담긴 잔을 건네며 다들 도망가라 떠미니, 견딜 수 없음
으로 견디자느니, 등뒤의 그리움 알고 보니 눈앞의 들소떼
라느니, 흰 와이셔츠 소매 끝이 너무 더럽다느니, 한 남자
또한 기어이

울고 싶다 한다


한낮 더욱 맹렬히 환해져가고, 내다보이는 마당에 어린
날의 송사리 조약돌 비치던 뜨거운 여름 시냇가 모래밭에
번지고 전염된 슬픔에 다 같이 떠나버리자고 한낮이 이렇
게 치명적인 줄 몰랐다고 기차들 마당으로 분꽃이며 해바
라기들 데려오는데

기차문 열리는 순간 기차 벌써 떠나버린 듯 치자꽃처럼 환해도 무어라 한마디인들 천기누설할 수 없는 한낮 몇천년부터의 하루가 가지 않은 채 오늘을 바꿔치기하다 그 손목 딱 들킨 듯 누적된 날들을 물어낼 마당이 너무 깊으니,


　모두 다 대취한 한낮, 봄날은 안 가고 또 안 가니

# 술

박
라
연

아름다움이
울음을 터뜨릴 때 들으셨나요?


위장내시경까지 받은 그 소화불량
그 배앓이는 거기들이 아픈 게 아닐 듯해요


너에게 뛰어들거나 발효되기 전의
막막한 끙끙거림, 익을 때의 집중


그 몸가짐의 다양한 신호 앞에서
다정해지려는 도처에게


흥은 바닥이고 분은 넘치는 순간들에게
소소한 흥이라도 되려는
따뜻한 생각들이 아팠던 거죠


아버지는
따뜻함을 번지게 하려고 양조장 문을
열었으나 허망하게 망하고

술이 섞여서 태어난 나는 흥을 위해

술판에 낄 뿐

여전히 나를 마시지 못하지만요

# 술잔 같은 산

전경익

山如一酒杯
湖水嘗灌注
我愛杯中物
還乘此杯渡
　　—「杯山」

산이 술잔 같아서

호수는 이미 가득 채웠다

나는 잔 속의 것이 좋아

또 술잔 타고 건넌다

# 꽃 피면 달 생각하고

이
정
보

꽃 피면 달 생각하고 달 밝으면 술 생각하고

꽃 피자 달 밝자 술 얻으면 벗 생각하네

언제면 꽃 아래 벗 데리고 완월장취(翫月長醉)하려뇨

# 어제

박
시
하

과거를 잊는 술을 마셨다

사랑한 여자의 남자를 잊었다

그 사막에서는

일기들이 영영 사라졌다

잠드는 얼굴마다

잠들지 못하는 얼굴이 솟았다

백 개의 눈동자에

백 번의 표정이 어렸다

언제 잠들래?

남자의 남자가 물었고

잠들지 않을래

여자의 여자가 대답했다

여자의 남자가 노래했고

남자의 여자는 울었다

모든 표정들은 서로 형제

눈을 감지 않았다

피를 나눴으니까

영혼에서 흐른 피에 취했으니까

낡은 일기에서

매일매일 잊히는

잠의 사막에서

바보의 눈물처럼 벌어지는

시간의 틈을 향해

분홍빛으로 밝게 웃었다

# 소주는 달다

김
사
인

바다 오후 두시
쪽빛도 연한
추봉섬 봉암바다
아무도 없다.
개들은 늙어 그늘로만 비칠거리고
오월 된볕에 몽돌이 익는다.
찐빵처럼 잘 익어 먹음직하지
팥소라도 듬뿍 들었을 듯하지

천리향 치자 냄새
기절할 것 같네 나는 슬퍼서.
저녁 안개 일고 바다는 낯 붉히고
나는 떨리는 흰 손으로 그대에게 닿았던가
닿을 수 없는 옛 생각
돌아앉아 나는 소주를 핥네.

바람 산산해지는데
잔물은 찰박거리는데 아아
어쩌면 좋은가 이렇게 마주 앉아
대체 어쩌면 좋은가.

살은 이렇게 달고

소주도 이렇게 다디단

저무는 바다.

# 빗소리

박
형
준

내가 잠든 사이 울면서
창문을 두드리다 돌아간
여자처럼

어느 술집
한 구석진 자리에 앉아서
거의 단 한마디 말도 하지 않은 채
술잔을 손으로 만지기만 하던
그 여자처럼
투명한 소주잔에 비친 지문처럼

창문에 반짝이는
저 밤 빗소리

# 달빛 아래 혼자 술을 마시며

이
백

花間一壺酒　　獨酌無相親
擧杯邀明月　　對影成三人
月既不解飮　　影徒隨我身
暫伴月將影　　行樂須及春
我歌月徘徊　　我舞影零亂
醒時同交歡　　醉後各分散
永結無情遊　　相期邈雲漢
　　　　　　—「月下獨酌」

피어난 꽃들 사이 한 병의 술

술친구 없이 혼자 마시네

잔을 들어 달빛 부르니

그림자도 와서 셋이 되었네

달은 술도 못 마시고

그림자는 시늉만 하는구나

잠시 달과 그림자를 벗 삼고

즐거운 것은 이 봄날에만 할 수 있지

내가 노래하면 달빛이 감돌고

춤추면 그림자는 흩날리네

술 깨면 함께 기뻐해도

취하면 다들 흩어지니

무정해도 영원한 친구 되어

은하수에서 다시 만날 것을 약속하네

# 줄포*

—농사꾼 대서쟁이 김장순씨에게

신
경
림

뻘밭에 갈매기만 끼룩대는 폐항

길다란 장터 끝머리에 있는 이층 대서방은

종일 불기가 없어도 훈훈하다

사람들은 돈 대신

막걸리 한 주전자씩을 들고 와

진정서와 고발장을 써 받고

대서사는 묵은 잡지 뒤숭숭한 시렁에서

마른 북어를 안주로 꺼내놓고 한마디한다

사람은 착한 게 제일이랑께

그저 착하게 사는 게 제일이랑께

그래서 줄포 폐항의 기다란 장터

술집에서 사람들은 나그네더러도 말한다

사람은 착한 게 제일이랑께

그저 착하게 사는 게 제일이랑께

---

• 줄포는 한때는 전북에서 군산항 다음가는 큰 상항이었으나 30년대부터 토사가
  밀려들어 바다가 메워지면서 이제는 항구로서의 기능을 거의 상실했다.

# 논산 백반집

문
태
준

논산 백반집 여주인이 졸고 있었습니다

불룩한 배 위에 팔을 모은 채

고개를 천천히, 한없이 끄덕거리고 있었습니다

깜짝 놀라며 왼팔을 긁고 있었습니다

고개가 뒤로 넘어가 이내

수양버들처럼 가지를 축 늘어뜨렸습니다

나붓나붓하게 흔들렸습니다

나는 값을 쳐 술잔 옆에 놔두고

숨소리가 쌔근대는 논산 백반집을 떠나왔습니다

# 생활이라는 생각

이
현
승

꿈이 현실이 되려면 상상은 얼마나 아파야 하는가.
상상이 현실이 되려면 절망은 얼마나 깊어야 하는가.


참으로 이기지 못할 것은 생활이라는 생각이다.
그럭저럭 살아지고 그럭저럭 살아가면서
우리는 도피 중이고, 유배 중이고, 망명 중이다.
그럼에도 불구하고 더 뭘 해야 한다면


이런 질문,
한날한시에 한 친구가 결혼을 하고
다른 친구의 혈육이 돌아가셨다면,
나는 슬픔의 손을 먼저 잡고 나중
사과의 말로 축하를 전하는 입이 될 것이다.


회복실의 얇은 잠 사이로 들치는 통증처럼
그렇게 잠깐 현실이 보이고
거기서 기도까지 가려면 또
얼마나 깊이 절망해야 하는가.


고독이 수면유도제밖에 안되는 이 삶에서

정말 필요한 건 잠이겠지만

술도 안 마셨는데 해장국이 필요한 아침처럼 다들

그래서 버스에서 전철에서 방에서 의자에서 자고 있지만

참으로 모자란 것은 생활이다.

# 술을 많이 마시고 잔 어젯밤은

신동엽

술을 많이 마시고 잔
어젯밤은
자다가 재미난 꿈을 꾸었지.


나비를 타고
하늘을 날아가다가
발 아래 아시아의 반도
삼면에 흰 물거품 철썩이는
아름다운 반도를 보았지.


그 반도의 허리, 개성에서
금강산 이르는 중심부엔 폭 십리의
완충지대, 이른바 북쪽 권력도
남쪽 권력도 아니 미친다는
평화로운 논밭.


술을 많이 마시고 잔 어젯밤은
자다가 참
재미난 꿈을 꾸었어.

그 중립지대가
요술을 부리데.
너구리새끼 사람새끼 곰새끼 노루새끼들
발가벗고 뛰어노는 폭 십리의 중립지대가
점점 팽창되는데,
그 평화지대 양쪽에서
총부리 마주 겨누고 있던
탱크들이 일백팔십도 뒤로 돌데.


하더니, 눈 깜박할 사이
물방게처럼
한떼는 서귀포 밖
한떼는 두만강 밖
거기서 제각기 바깥 하늘 향해
총칼들 내던져 버리데.


꽃피는 반도는
남에서 북쪽 끝까지
완충지대,
그 모오든 쇠붙이는 말끔이 씻겨가고

사랑 뜨는 반도,

황금이삭 타작하는 순이네 마을 돌이네 마을마다

높이높이 중립의 분수는

나부끼데.


술을 많이 마시고 잔

어젯밤은 자면서 허망하게 우스운 꿈만 꾸었지.

# 오비스 캐빈

이
시
영

삶은 푸른 콩 안주가 무료로 나오는 화신백화점 뒤 병맥주집이었다. 오후의 때가 되면 소설가 한남철 선생은 방과 후의 학생들처럼 어린 우리들을 데리고 성큼성큼 그 집으로 갔다. 거리엔 최루탄이 터지고 화신 앞 네거리에서 안국동 쪽으로 데모대의 거센 물결이 연일 경찰 저지선을 아슬하게 밀어붙이던 험악한 시절이긴 하였지만 푸른 콩 접시를 사이에 두고 벌어지던 그의 이야기는 늘 구수했고 솜씨는 일품이었다. "야 정환아. 너 머리 좀 안 깎을래? 내가 돈 주까? 그리고 구두는 또 그게 뭐냐? 너 거기다 오바까지 입고 북한산에 갔다며?⋯⋯" "그리고 거 이형 말이야. 왜 대학원 안 가는 거야? 생활하는 선배의 말을 왜 안 들어? 삼라만상이 다 가잖아. 그런데 왜 안 가? 그런 사람을 한마디로 뭐라고 그러는 줄 알아? 바-보라고 해." "신경림 씨 그게 어디 사람 키냐? 불구지. 그러나 시는 걱정이처럼 장대해. 못난 놈들은 얼굴만 봐도 흥겹다/이발소 앞에 서서 참외를 깎고⋯⋯ 얼마나 절실하냐? 너희들도 시를 쓰려거든 이 정도는 써야지. 그런데 하형, 하형은 왜 술 안 먹고 안주만 먹어?" 일일이 다 기억할 수 없지만 그가 좋아하던 또 한사람의 시인은 소월이었다. "비가 온다/오누나/오는 비는/올지라도 한 닷새 왔으면 좋지.//여드레 스

무날엔/온다고 하고/초하로 삭망(朔望)이면 간다고 했지./
가도 가도 왕십리 비가 오네. 야, 이건 또 을마나 슬프냐?"
그러나 그가 더 좋아한 사람은 갈 곳 없는 어린 우리들이
었다. 거리엔 최루탄이 펑펑 터지고.

# 자두

이
상
국

나 고등학교 졸업하던 해 대학 보내달라고 데모했다

먹을 줄 모르는 술에 취해

땅강아지처럼 진창에 나뒹굴기도 하고

사날씩 집에 안 들어오기도 했는데

아무도 알은척을 안해서 밥을 굶기로 했다

방문을 걸어 잠그고 우물물만 퍼 마시며 이삼일이 지났

는데도

아버지는 여전히 논으로 가고

어머니는 밭매러 가고

형들도 모르는 척

해가 지면

저희끼리 밥 먹고 불 끄고 자기만 했다

며칠이 지나고 이러다간 죽겠다 싶어

밤 되면 식구들이 잠든 걸 확인하고

몰래 울 밖 자두나무에 올라가 자두를 따 먹었다

동네가 다 나서도 서울 가긴 틀렸다는 걸 뻔히 알면서도

그렇게 낮엔 굶고 밤으로는 자두로 배를 채웠다

내 딴엔 세상에 나와 처음 벌인 사투였는데

어느날 밤 어머니가 문을 두드리며

빈속에 그렇게 날것만 먹으면 탈 난다고

몰래 누룽지를 넣어주던 날

나는 스스로 투쟁의 깃발을 내렸다

나 그때 성공했으면 뭐가 됐을까

자두야

# 아스팔트

정지용

거르랑이면 아스팔트를 밟기로 한다. 서울거리에서 흙을 밟을 맛이 무엇이랴.

아스팔트는 고무밑창보담 징 한개 박지 않은 우피 그대로 사붓사붓 밟아야 쫀득쫀득 받히우는 맛을 알게 된다. 발은 차라리 다이야처럼 굴러간다. 발이 한사코 돌아다니자기에 나는 자꼬 끌리운다. 발이 있어서 나는 고독치 않다.

가로수 이팔마다 발발하기 물고기 같고 6월초승 하늘 아래 밋밋한 고층건축들은 삼(杉)나무 냄새를 풍긴다. 나의 파나마는 새파라틋 젊을 수 밖에. 가견(家犬) 양산(洋傘) 단장(短杖) 그러한 것은 한아(閑雅)한 교양이 있어야 하기에 연애는 시간을 심히 낭비하기 때문에 나는 그러한 것들을 길들일 수 없다. 나는 심히 유창한 푸로레타리아트! 고무뿔처럼 퐁퐁 튀기어지며 간다. 오후 4시 오피스의 피로가 나로 하여금 궤도 일체를 밟을 수 없게 한다. 작난감 기관차처럼 작난하고 싶고나. 풀포기가 없어도 종달새가 나려오지 않아도 좋은, 푹신하고 판판하고 만만한 나의 유목장 아스팔트! 흑인종은 파인애풀을 통채로 쪼기여 새빨간 입술로 쪽쪽 드리킨다. 나는 아스팔트에서 조금 빗겨들어서면 된다.

탁! 탁! 튀는 생맥주가 폭포처럼 황혼의 서울은 갑자기 팽창한다. 불을 켠다.

# 술에 취한 바다

이
생
진

성산포에서는
남자가 여자보다
여자가 남자보다
바다에 가깝다
나는 내 말만 하고
바다는 제 말만 하며
술은 내가 마시는데
취하긴 바다가 취하고
성산포에서는
바다가 술에
더 약하다

# 곰팡이

박
용
래

진실(眞實)은
진실(眞實)은

지금 잠자는 곰팡이뿐이다
지금 잠자는 곰팡이뿐이다

누룩 속에서
광 속에서

명정(酩酊)만을 위해
오오직

어둠 속에서
............

거꾸로 매달려

# 만하(晩夏)

이
현
호

동이 트자 술집 주인은 가게를 정리하기 시작했다. 그건 인제 고만 나가 달라는 완곡한 몸짓이었다. 몇 번을 울다가 내 무릎을 베고 누운 애인의 떨리는 어깨를 도닥여 밖으로 나왔다. 좁은 골목까지 들지 못하는 택시에서 내린 우리는 습관처럼 손을 잡고 걸었다. 삼천오백원어치만큼 하늘이 밝아 있었다. 슬픔을 화폐로 쓰는 나라가 있다면 우리는 거기서 억만장자일 거야. 반지하방에서 옥탑방을 거쳐 볕이 고만고만 드는 이층집으로 옮겨 앉는 동안 당신도 슬픔에 대해 몇 마디 농담쯤은 할 수 있게 되었다.

나는 애인에게 침대와 선풍기를 내어주고 바닥에 누웠다. 입추가 코앞인데, 채 가시지 않은 건 더위만이 아니었다. 바닥에 놓아둔 애인의 손전화에서 알지 못하는 사람의 이름이 여러 번 떠올랐다. 나는 괜히 확인을 미루고 있던 복권을 찾아보고, 그 빗나간 숫자들이 적힌 어느 시인선의 시집들도 뒤적였다. 침대 위의 베갯잇에는 어느새 침자국이 동전같이 피어 있었다. 옹알거리는 당신의 목소리가 선풍기 바람에 날려가고 있었다. 이제 나는 어떤 말도 상처가 되지 않으리라는 것을 알았다. 어떤 말도 인제 상처가 되지 않는다는 것을 알았을 때 나는 상처받았다.

양을 세듯 나는 낯선 이의 이름을 오래 헤아렸다. 꿈속에서는 가시를 세운 괴물 두 마리가 꼭 껴안고 있었다. 그들은 서로의 심장이 다가붙을수록 더 많은 피를 흘렸다. 가시에 찔리느라 모자라는 피를 서로의 몸을 핥으며 채웠다. 눈을 뜨니 애인과 나는 모로 누워 서로 다른 벽을 보고 있었고, 웅크린 채였다. 오늘이 월요일인 걸 떠올리곤 나는 집을 나섰다. 열쇠는 두고 나왔다. 애인도 오늘 무슨 약속이 있다고 했었는데, 에어컨도 없는 집에서 자고 있는 것이 걱정이었다. 애인도 나도 이 여름을 기억하고 싶지 않을 것이었다.

　사장님은 왜 이리 일찍 나왔느냐며 웃었다. 그 여름 우리가 처음 손을 잡았을 땐 너도 손에 땀이 많다고 스스러워하며 배시시 웃었었다. 계속 미끄러지는 그 손을 놓지 않고 여기까지 온 것은 어떤 완곡한 몸짓일까. 애인의 손전화 비밀번호는 여전히 그날이었다. 이마의 땀방울을 닦아주기엔 너무 눅눅했을 베갯잇을 반성하는 동안 찾아든 밤은 하루 새 숨이 죽어 있었다. 팔뚝을 손바닥으로 비비며 좁은 골목에 들 때 누군가는 훅훅 더운 숨을 뱉으며

제 발로 집을 떠나오고 있었다. 신열(身熱)이 깊은 사람이 오한을 곁따라 앓는 듯한, 늦은 여름이었다.

이
제
니

중국 새를 보러 가자고 했다
중국이 아닌 곳에서 중국이 아닌 곳으로

작고 예쁜 부리
하얗고 노란 깃털
귀엽고 총명하고 인상이 좋다고 했다

중국 새는 어떤 새일까
중국 새도 두려움을 알까

초로롱 날아가다
포로롱 내려앉는 사이
발밑에 깊어진 그 어두움을 알까

중국 새는 중국 새
중국 새는 중국 새

일본 남자는 일본 맥주를 마시고 있었다
부드럽고 부드러워 절로 미안해지는

탁자 위의 동전은 멈추지 않고 돌고 있었다
너는 식기 전에 어서 먹으라고 했다


중국 새는 중국 새
중국 새는 중국 새


중국 새는 중국에서 오지 않았다고 했다
중국 새는 중국에 간 적이 없다고 했다


중국은 어떤 곳일까
중국엔 언제 가보게 될까
이곳도 저곳도 아닌 그곳은
이미 내가 지나왔던 곳은 아닐까


한숨처럼 골똘히 생각하는 사이


너는 손가락을 들어 이름 하나를 천천히 소리 내었다
저기에 중국 새가 있다고 말했다


이 한낮에 이 모퉁이에

하나의 그림자가 번지고 있었다


초로롱 날아가다
포로롱 내려앉는 사이
내 발 아래에서 시간이 멈추고 있었다


내가 딛고 있는 두 발의 넓이 꼭 그만큼
이쪽에서 저쪽으로 무언가 날아오르고 있었다


보기 힘든 빛이구나
영원히 기억하고 싶은 색깔이구나


중국 새는 중국 새
중국 새는 중국 새


행운은 여전히 잡힐 것 같지 않았지만
중국 새는 중국 새 중국 새는 중국 새

# 편두통

손
미

지난여름
야구장에 앉아 땀을 뻘뻘 흘렸지
도루, 도루, 머리를 찍어 대며
햇빛이 타들어 왔지

우리는 외야를 향해 박수를 쳤지
도망갈 수 있을 것처럼

못 참겠다
너는 일어나서 쿵쿵 걸어갔지
그쪽으로 야구장이 기울었지

미지근한 맥주와 너의 스위스 칼과 나의 흰 팔이 한쪽
으로 쏟아졌지

어? 반칙 같은데?
뒤집힌 곤충은
곧 먹힐 텐데

나는 자주 엎드려 울었지

함께 누우면

너의 몸에만 빛이 쌓여

네가 금방이라도

빨려 올라갈 것 같았지

# 그깟 술 몇잔에

이
경
림

나는 왜 그토록 취했을까

아무리 생각해도 모를 일이네

집채만한 그리움의 지붕 밑에서 다만

술 몇잔 마셨을 뿐인데, 술

몇잔 속에서 잠시 방성대곡(放聲大哭)하였을 뿐인데

취한 것들이 이리 비틀 저리 비틀 하는 꼴

물끄러미 보았을 뿐인데

술 몇잔 속에서


그 지붕 밑, 사람들은

삐걱거리는 나무의자 위에서 기우뚱

이야기를 하거나, 꾸역

술을 마셨네 고함을 지르거나,

남의 살을 구워 먹었네,

노래를 부르거나, 욕지거리를 하거나,

싸움을 하거나, 하거나…… 했네, 나는 그저 술

몇잔 속에서 그것들 바라보았네

담배연기 속에서, 고기 타는 냄새 속에서,

뿌옇게 흔들리며 흘러다니는 것들

보았네 아비규환의 그리움을

보았네 느닷없는 나의 방성대곡을
보았네 집채만한 그리움의 지붕이
확, 날아갔네

# 귀가

이
영
광

나는 아니야, 하지만
너도 아니니까 잘 가
우리 다시는 마음 열지 말자


을지로에서 한 잔 종로에서 두 잔
마시고 욕하고 외면한 다음
여기 안암로터리
돌아서 걸어가는 친구의 뒷모습이
그도 결국 혼자였음을 알려준다


넌 이제 아무도 없는 곳으로 걸어 들어가
문을 잠그겠지
홀몸이므로
얼마나 오래 불타야 할까


이봐, 홀몸이란
자기 속으로 숨어버리는 몸 아닌가
숨을 곳을 찾는 몸 아닌가


이봐, 몸을 떠난 내 목소리 안 들려?

몸이 떠나버린 혼잣말 안 들려?


나 또한 아무도 없는 곳으로
돌아서면서
나의 집, 그 텅 빈 응급실에
병 걸린 사람처럼 눕기 위해
돌아가면서

# 구장로(球場路)

—서행시초(西行詩抄) 1

백석

삼리(三里) 밖 강(江)쟁변엔 자개들에서

비멀이한 옷을 부숭부숭 말려 입고 오는 길인데

산(山)모퉁고지 하나 도는 동안에 옷은 또 함북 젖었다


한 이십리(二十里) 가면 거리라든데

한껏 남아 걸어도 거리는 뵈이지 않는다

나는 어니 외진 산(山)길에서 만난 새악시가 곱기도 하
　　든 것과

어니메 강(江)물 속에 들여다뵈이든 쏘가리가 한자나 되
　　게 크든 것을 생각하며

산(山)비에 젖었다는 말렸다 하며 오는 길이다


이젠 배도 출출히 고팠는데

어서 그 옹기장사가 온다는 거리로 들어가면

무엇보다도 몬저 '주류판매업(酒類販賣業)'이라고 써붙인
　　집으로 들어가자


그 뜨수한 구들에서

따끈한 삼십오도(三十五度) 소주(燒酒)나 한잔 마시고

그리고, 그 시래기국에 소피를 넣고 두부를 두고 끓인

구수한 술국을 뜨근히

멫사발이고 왕사발로 멫사발이고 먹자

# 아무도 울지 않는 밤은 없다

이
면
우

깊은 밤 남자 우는 소리를 들었다 현관, 복도, 계단에 서서 에이 울음소리 아니잖아 그렇게 가다 서다 놀이터까지 갔다 거기, 한 사내 모래바닥에 머리 처박고 엄니, 엄니, 가로등 없는 데서 제 속에 성냥불 켜대듯 깜박깜박 운다 한참 묵묵히 섰다 돌아와 뒤척대다 잠들었다.

아침 상머리 아이도 엄마도 웬 울음소리냐는 거다 말 꺼낸 나마저 문득 그게 그럼 꿈이었나 했다 그러나 손내밀까 말까 망설이며 끝내 깍지 못 푼 팔뚝에 오소소 돋던 소름 안 지워져 아침길에 슬쩍 보니 바로 거기, 한 사내 머리로 땅을 뚫고 나가려던 흔적, 동그마니 패었다.

# 또 하루가 가네

정현종

1

저녁 어스름을 내다보며

나는 한숨짓는다

또 하루가 가는구나……


오늘도 멀리 가지 못했다……

2

그나마 어린 시절까지는 간 모양이다

끄적거려놓은 바 이러하니—

"누구의 어린 시절이든지

어린 시절은 전설이며

우리한테 각자의 어린 시절이 있다는 점에서

우리는 모두 전설적인 존재들이다"

그러나 지나가버렸다구?

벌써 끝난 얘기라구?

어린 시절 얘기를 하면 모두 상기(上氣)되는데두?

시라는 이름의 그 전설의 고고학이 있는데두?

하여간 다른 전설은 만들지 말어.

군살로 생살을 누르지는 말어.

봐, 오해하지 말라며 꽃이 피잖어?

잘못 생각했다고 새가 울잖어?


3

방안에 꽃다발이 환하다.

세상을 바꾸는 꽃 한 송이.

짐짓 혁명적이랄 수 있는

한 송이 모험, 한 송이 변화는 없느냐.

허구한 날 골만 어지러운 꿈—

한 송이 그런 꽃이여.

두개골 속의 폭풍이여.


4

술판으로 달려간다.

요새 정신주의란 말이 유행이란다.

지금은 맥주주의다.

항상 이상한 건

맥주를 마시면 마신 것보다 오줌이 더 나오고

소주를 마시면 마신 것보다 오줌이 덜 나온다는

그 점이다.

기우이기를 바라지만
행여나 정신주의란 말 뒤로
몸을 숨길까봐 걱정이고,
정작 시의 살과 피가
그 구멍으로 새버릴까봐 걱정이다.
(또 무슨 '주의'로는 물론
시를 만나볼 수 없고)
나로서는 실은
제정신주의를 제창한다.


5

저녁 어스름을 내다보며
나는 한숨짓는다
또 하루가 가는구나……

# 와유(臥遊)

안
현
미

내가 만약 옛사람 되어 한지에 시를 적는다면 오늘밤 내리는 가을비를 정갈히 받아두었다가 이듬해 황홀하게 국화가 피어나는 밤 해를 묵힌 가을비로 오래오래 먹먹토록 먹을 갈아 훗날의 그대에게 연서를 쓰리

'국화는 가을비를 이해하고 가을비는 지난해 다녀갔다'

허면, 훗날의 그대는 가을비 내리는 밤 국화 옆에서 옛날을 들여다보며 홀로 국화술에 취하리

# 혼자 가는 먼 집

허
수
경

당신……, 당신이라는 말 참 좋지요, 그래서 불러봅니다 킥킥거리며 한때 적요로움의 울음이 있었던 때, 한 슬픔이 문을 닫으면 또 한 슬픔이 문을 여는 것을 이만큼 살아옴의 상처에 기대, 나 킥킥……, 당신을 부릅니다 단풍의 손바닥, 은행의 두 갈래 그리고 합침 저 개망초의 시름, 밟힌 풀의 흙으로 돌아감 당신……, 킥킥거리며 세월에 대해 혹은 사랑과 상처, 상처의 몸이 나에게 기대와 저를 부빌 때 당신……, 그대라는 자연의 달과 별……, 킥킥거리며 당신이라고……, 금방 울 것 같은 사내의 아름다움 그 아름다움에 기대 마음의 무덤에 나 벌초하러 진설 음식도 없이 맨 술 한 병 차고 병자처럼, 그러나 치병과 환후는 각각 따로인 것을 킥킥 당신 이쁜 당신……, 당신이라는 말 참 좋지요, 내가 아니라서 끝내 버릴 수 없는, 무를 수도 없는 참혹……, 그러나 킥킥 당신

# 술 한잔

정
호
승

인생은 나에게

술 한잔 사주지 않았다

겨울밤 막다른 골목 끝 포장마차에서

빈 호주머니를 털털 털어

나는 몇번이나 인생에게 술을 사주었으나

인생은 나를 위해 단 한번도

술 한잔 사주지 않았다

눈이 내리는 날에도

돌연꽃 소리없이 피었다

지는 날에도

# 그집 앞

기
형
도

그날 마구 비틀거리는 겨울이었네

그때 우리는 섞여 있었네

모든 것이 나의 잘못이었지만

너무도 가까운 거리가 나를 안심시켰네

나 그 술집 잊으려네

기억이 오면 도망치려네

사내들은 있는 힘 다해 취했네

나의 눈빛 지푸라기처럼 쏟아졌네

어떤 고함 소리도 내 마음 치지 못했네

이 세상에 같은 사람은 없네

모든 추억은 쉴 곳을 잃었네

나 그 술집에서 흐느꼈네

그날 마구 취한 겨울이었네

그때 우리는 섞여 있었네

사내들은 남은 힘 붙들고 비틀거렸네

나 못생긴 입술 가졌네

모든 것이 나의 잘못이었지만

벗어둔 외투 곁에서 나 흐느꼈네

어떤 조롱도 무거운 마음 일으키지 못했네

나 그 술집 잊으려네

이 세상에 같은 사람은 없네

그토록 좁은 곳에서 나 내 사랑 잃었네

# 인포리

도
종
환

십리를 걸어 인포리에 도착했으나
마음을 누일 봉놋방은 없었다
오리를 더 걸어 강가에 이르렀으나
거기도 물소리뿐이었다
거친 붓자국이 선명한 하늘은 먹물빛이었다
귀퉁이에 남은 하늘색도 회색에 가려 희미했다
붓질을 한 이는 보이지 않고 먹물만 흘러내려
산허리를 덮었다 툭 툭 던져놓은
육중한 고독의 덩어리처럼 보이는 산자락 끝에
아주 작고 흐릿하게 나는 서 있었다
오는 동안 벌판에는 가등 하나 없었다
이십대 중반을 갓 넘긴 나이여서 나도
서툴기 짝이 없었으나
세상은 툭하면 발길로 나를 걷어차곤 했다
그때마다 이젠 끝이라고 말하고 싶었으나
그것도 쉽지 않았다
등불도 노새도 없이 넘어야 할 벼룻길만 앞에 있었다
안주 없는 찬 소주를 혼자 마시곤
빈 병을 강물에 던질 때면 강물이
잠깐 몇방울의 눈길을 내 쪽으로 던져주곤 했다

오늘도 어둠이 내리는 광막한 하늘 아래

혼자 눅눅하게 젖고 있는

또다른 내가 어디엔가 있으리라

홀로 찬 술을 마시며

손등으로 눈물을 훔치는 이 있으리라

입술이 팽팽하게 모여 건너야 할 강 쪽을 향해

마음보다 먼저 돌출해 있는 걸 자신도 모른 채

오래 강가에 앉아 있는 이 있으리라

# 기침을 하며 떠도는 귀신이

박
소
란

시퍼런 생댓잎에 옮아앉는 싸락눈, 신법사 앞을 지날 때
젊은 박수가 중얼거리는 소리
이년 박복한 년 머잖아 네년 몸에 신이 붙겠다
콜록콜록 기침을 하며 떠도는 귀신이

반쯤 허물어진 포장마차에 들었지 집으로 가는 길
뜨끈한 정종을 마셨지
입천장이 벗겨져 산발한 여인네처럼 흐느적거릴 때
이년 박복한 년
금 간 담장 위 도둑고양이 한마리
제 흉한 점괘를 엿듣고 있었지 기다란 꼬리를 곤두세운 채
더운 숨이 빠져나간 부뚜막을 오래 바라보듯
눈물점도 오지게 짙은 년 쯧쯧 쯧쯧
눈이 마주치자 내 쪽으로 번쩍, 사나운
길을 할퀴는 고양이

빈 잔을 앞에 놓고 한참을 주억거렸지
늘 몇방울의 피가 흩뿌려져 있던 길에 대해 생각했지
어느 틈엔가 쫓아와 등짝을 때리는 바람
이년 박복한 년

얼근히 취한 얼굴로 방울을 흔드는 게 바들거리며 작두
를 타는 게

우스꽝스러워 나도 모르게 피식

비어지는 웃음을 앞세워 서둘러 값을 치르고 돌아서려
할 때

그래 이년아 웃어라 웃다보면 차라리 웃다보면


잔은 또 그렇게 차오를 테지

댓잎에 빙의된 바람도 자리를 찾아 고된 몸살을 다독일
테지


캄캄한 자취방에 돌아와 알았지

여태 내가 북쪽으로 머리를 두고 잤다는 것을

머잖아 네년 몸에 신이 붙겠다 아야 아야 아파 우는 귀
신이

잠을 이루지 못했지 무서워서

겁 없이 어둠속으로 걸어간 고양이가 소름 끼치도록 무
서워


콜록콜록 밤새 자꾸만 헛기침이 돌았지

# 목마와 숙녀

박
인
환

한 잔의 술을 마시고
우리는 버지니아 울프의 생애와
목마를 타고 떠난 숙녀의 옷자락을 이야기한다
목마는 주인을 버리고 그저 방울 소리만 울리며
가을 속으로 떠났다 술병에서 별이 떨어진다
상심(傷心)한 별은 내 가슴에 가벼웁게 부서진다
그러한 잠시 내가 알던 소녀는
정원의 초목 옆에서 자라고
문학이 죽고 인생이 죽고
사랑의 진리마저 애증(愛憎)의 그림자를 버릴 때
목마를 탄 사랑의 사람은 보이지 않는다
세월은 가고 오는 것
한때는 고립을 피하여 시들어가고
이제 우리는 작별하여야 한다
술병이 바람에 쓰러지는 소리를 들으며
늙은 여류작가의 눈을 바라다보아야 한다
……등대(燈臺)에……
불이 보이지 않아도
그저 간직한 페시미즘의 미래를 위하여
우리는 처량한 목마 소리를 기억하여야 한다

모든 것이 떠나든 죽든

그저 가슴에 남은 희미한 의식을 붙잡고

우리는 버지니아 울프의 서러운 이야기를 들어야 한다

두 개의 바위틈을 지나 청춘을 찾은 뱀과 같이

눈을 뜨고 한 잔의 술을 마셔야 한다

인생은 외롭지도 않고

그저 잡지의 표지처럼 통속(通俗)하거늘

한탄할 그 무엇이 무서워서 우리는 떠나는 것일까

목마는 하늘에 있고

방울 소리는 귓전에 철렁거리는데

가을바람 소리는

내 쓰러진 술병 속에서 목메어 우는데

# 시인학교

김
종
삼

공고(公告)


오늘 강사진


음악 부문
모리스 라벨
미술 부문
폴 세잔느


시 부문
에즈라 파운드
모두
결강


김관식(金冠植), 쌍놈의 새끼들이라고 소리 지름. 지참한
막걸리를 먹음. 교실 내에 쌓인 두터운 먼지가 다정스러움.


김소월(金素月)
김수영(金洙暎) 휴학계

전봉래(全鳳來)

김종삼(金宗三) 한 귀퉁이에 서서 조심스럽게 소주를 나눔. 브란덴부르크 협주곡 제5번을 기다리고 있음.


교사(校舍).

아름다운 레바논 골짜기에 있음.

# 벼랑을 달리네

이
병
률

문상 다녀오는 체감온도 영하 십육 도의 추운 밤

경사진 도로에서 차로 뛰어드는 여자를 보고 놀라 급히

차를 세우는데

뒷자리에 타자마자 '가양동 2단지' 를 외치는

택시가 아니라 해도 슬프도록 코를 골며 잠을 청하는

화장품 냄새 반 술냄새 반에 전 난취의 여자

그래도 내리라 하지 않고 조심스레 차를 몰 수 있었던 건

당신처럼 갈기갈기 사지가 찢긴 채

누군가 나를 데려다 눕혔으면 했던 의식을 부탁해왔기

때문이다


가양동 2단지 앞에 차를 세운 영하의 밤

잠든 여자를 깨운다 눈인사도 한마디 말도 없이

아무렇게나 벗어놓았던 목도리를 반듯하게 개어놓고

휘청휘청 아파트 단지 안으로 발걸음을 떼어놓는 여자

여자의 모습이 보이지 않을 때까지 자리를 뜨지 못한 건

나도 벼랑 끝에 살며 당신처럼 핏발의 냄새 풍긴 적 있

기 때문이다


이상하게도 춥지 않다 싶게 집으로 되돌아오는 밤

무언가 하얗게 시야를 덮쳐 급히 차를 세웠더니

도로에 떨어져 휘날리고 있는 두루마리 휴지

인사 대신 남겨둔 여자의 목도리처럼

매운 바람 속에서 하얗게 몸을 풀며 구르다

놀라 멈춰 선 차를 감싸며 흐느끼고 있다

가지런히 양손을 무릎 위에 올려놓고 차 안에서 눈 감

을 수 있었던 건

나도 당신처럼 머리를 풀고 누군가의 품에 안겨

마지막인 양 파닥이고 싶었던 적 있기 때문이다

# 밀주

김중일

단 한번 우리는 술잔을 부딪쳤고 비웠고 멀리 던져 깨버렸다. 여독 속에 내 무릎을 훔쳐 베고 잠든 너의 두 눈은 길고 아름다운 속눈썹에 덮여 있다. 꿈을 꾸고 있다는 건 꿈을 빌리고 있다는 것. 너의 감은 눈은 달빛에 깊이 찔린 상처 같다. 너의 긴 속눈썹은 너라는 하얀 주머니를 급기야 꿰맨 자국이다. 감은 눈의 너. 지금 내 무릎을 벤 너라는 주머니 속에는 나와 같은 부피의 죽음이 밀주(密酒)처럼 가득하다. 나는 누가 볼까봐 황급히 너의 눈을 두 손으로 꼭 틀어막았다. 내 손바닥의 수면 아래서 새파란 꿈들이 치어처럼 일렁이는 감은 눈으로 너는 우리가 기대 앉은 나무를 보았다. 나무가 흔들리는 건 나무가 생각한다는 것이다. 바람이 부는 건 바람이 기억한다는 것이다. 습관적으로 옆을 돌아봤을 때 번번이 거기에 없는 것은 그냥 이제 없는 것이다. 너의 눈에 가만히 입술을 대고 너의 이름을 불렀다. 밤하늘 멀리 우리를 메모해둔 휘파람들은 사라졌다. 밀밭의 까마귀떼가 물고 갔다. 호주머니를 뒤집자 작은 돌멩이처럼 툭 떨어지던 불과 태양, 맹약과 용기 등의 낱말들. 그 잿빛 낱말들을 하나하나 가만히 올려보던 취한 입술도 함께.

# 당신이라는 세상

박
준

술잔에 입도 한번 못 대고 당신이 내 앞에 있다 나는 이 많은 술을 왜 혼자 마셔야 하는지 몰라 한다 이렇게 많은 술을 마실 때면 나는 자식을 잃은 내 부모를 버리고 형제가 없는 목사의 딸을 버리고 삼치 같은 생선을 잘 발라먹지 못하는 친구를 버린다 버리고 나서 생각한다

나를 빈방으로 끌고 들어가는 여백이 고맙다고, 청파에는 골목이 많고 골목이 많아 가로등도 많고 가로등이 많아 밤도 많다고, 조선낫 조선무 조선간장 조선대파처럼 조선이 들어가는 이름치고 만만한 것은 하나 없다고, 북방의 굿에는 옷(衣)이 들고 남쪽의 굿에는 노래가 든다고

생각한다 버려도 된다고 생각한다 버리는 것이 잘못된 일이 아니라고 생각한다 버릴 생각만 하는 것도 능사가 아니라는 생각도 한다

술이 깬다 그래도 당신은 나를 버리지 못한다 술이 깨고 나서 처음 바라본 당신의 얼굴이 온통 내 세상 같다

마포

서
효
인

대로변에서 술을 마신다. 피난민들은 어두운 포구에 모여들었다. 포구에는 배가 없고 어디서든 전쟁은 끝난다 하였지만, 누굴 믿을 수 있겠는가. 우리가 믿는 건 냉면뿐이라오. 사람 몇이 얼어 죽을 추위 속에서 질기고 삼삼한 그것을 뚝뚝 끊어다 먹었다지. 그 맛을 설명할 수 없어 같이 끅끅 울었다고 한다. 대로변에서 술을 마신다. 막차가 패잔병들을 그득 태우고, 나는 식은 치킨을 바라보고 있다. 대로변에는 함흥냉면집, 막걸릿집, 치킨집, 호프집. 그중 우리 집은 어디요. 피난을 떠나는 가장. 잃어버린 딸아이. 집 바깥. 그중 누굴 믿겠는가. 우리가 믿는 건 질긴 면이라오. 육수에 조미료를 뿌려 넣으며. 점심으로 냉면을 먹었지만, 주둥이로 폭격 같은 소리를 내면서, 바닷가에 떨어지는 포탄처럼 머리를 박고서, 마포 대로변의 어디쯤이지만, 대리 기사에게 설명을 못 하겠어서, 끅끅 운다. 포구에 배 멈추는 소리 들린다. 누구도 믿을 수 없다는 질기고 삼삼한 신념. 하구에 몰려든 피난민의 행렬. 대로변으로 흘러든다. 매끄럽고 질긴 동네가 생겨났다. 거기부터 대로변은 시작되었다.

# 세상을 돌리는 술 한잔

천
양
희

포도주를 들다 생각해본다

나는 너무 썩었고 오래 썩었다

발효된 내 거대한 심통(心筒)에

묵은 찌꺼기 누추하다

나는 속썩은 인간으로서 냄새를 피웠고

말 대신 게거품을 물었다

몸속 어디에

포도송이 꽉 찬 포도밭이 있는지

넝쿨이 굽은 뼈처럼 뻗어나온다

마음의 서쪽, 붉게 취한 노을 어룽거려

찔끔, 눈물도 나온다

이 머리통, 나도 생각하는 사람이라

여기, 어디에 도계(道界)는 있는지

술 한잔 돌리면서

내가 귀의한 세상에게

할 말이 있다면

내가 세상을 술잔처럼 돌리고 싶다는 것이다

한잔의 순환을 간절히 바란다는 것이다

포도주를 들다 생각해본다

나는 너무 썩었고 오래 썩었다.

# 기적

진은영

누군가에게 아름다운 기적이 일어나서

물과 포도주로 들판을 분할했다

네가 마신 것은 무엇인가, 무엇인가

● 작품 출전

**고재종**   「겨울보리 푸르른 들─삼동일기 2」, 『새벽 들』 (창비 1989)
**기형도**   「그집 앞」, 『입 속의 검은 잎』 (문학과지성사 1989)
**김경미**   「한낮, 대취하다」, 『고통을 달래는 순서』 (창비 2008)
**김사인**   「소주는 달다」, 『어린 당나귀 곁에서』 (창비 2015)
**김소연**   「열대어는 차갑다」, 『수학자의 아침』 (문학과지성사 2013)
**김 언**   「자존」, 『한 문장』 (문학과지성사 2018)
**김영승**   「반성 21」, 『반성』 (민음사 1987)
**김종삼**   「시인학교」, 『시인학교』 (신현실사 1977)
**김중일**   「밀주」, 『내가 살아갈 사람』 (창비 2015)
**도종환**   「인포리」, 『세시에서 다섯시 사이』 (창비 2011)
**문태준**   「논산 백반집」, 『먼 곳』 (창비 2012)
**박규리**   「그런 일이 어딨노 경(經)」, 『이 환장할 봄날에』 (창비 2004)
**박남준**   「흔들리는 나」, 『박남준 시선집』 (펄북스 2017)
**박라연**   「술」, 『헤어진 이름이 태양을 낳았다』 (창비 2018)
**박소란**   「기침을 하며 떠도는 귀신이」, 『심장에 가까운 말』 (창비 2015)
**박시하**   「어제」, 『우리의 대화는 이런 것입니다』 (문학동네 2016)
**박용래**   「곰팡이」, 『먼 바다』 (창비 1984)
**박인환**   「목마와 숙녀」, 『목마와 숙녀』 (시인생각 2013)
**박 준**   「당신이라는 세상」, 『당신의 이름을 지어다가 며칠은 먹었다』
         (문학동네 2012)
**박형준**   「빗소리」, 『생각날 때마다 울었다』 (문학과지성사 2011)
**백 석**   「구장로(球場路)─서행시초(西行詩抄) 1」, 『백석 시 전집』 (창비 1987)
**서효인**   「마포」, 『여수』 (문학과지성사 2017)
**손 미**   「편두통」, 『사람을 사랑해도 될까』 (민음사 2019)
**신경림**   「줄포─농사꾼 대서쟁이 김장순씨에게」, 『길』 (창비 1990)
**신동엽**   「술을 많이 마시고 잔 어젯밤은」, 『누가 하늘을 보았다 하는가』
         (창비 1979)
**안현미**   「와유(臥遊)」, 『이별의 재구성』 (창비 2009)
**오장환**   「고향 앞에서」, 『오장환 전집 1』 (창비 1989)
**유진목**   「혼자 있기 싫어서 잤다」, 『연애의 책』 (삼인 2016)

**이경림**    「그깟 술 몇잔에」, 『시절 하나 온다, 잡아먹자』 (창비 1997)

**이근화**    「탄 것」, 『내가 무엇을 쓴다 해도』 (창비 2016)

**이면우**    「아무도 울지 않는 밤은 없다」, 『아무도 울지 않는 밤은 없다』
             (창비 2001)

**이문재**    「황혼병·4」, 『산책시편』 (민음사 1993)

**이병률**    「벼랑을 달리네」, 『당신은 어딘가로 가려 한다』 (문학동네 2003)

**이상국**    「자두」, 『달은 아직 그 달이다』 (창비 2016)

**이생진**    「술에 취한 바다」, 『그리운 바다 성산포』 (동천사 1987)

**이수명**    「물류창고」, 『물류창고』 (문학과지성사 2018)

**이시영**    「오비스 캐빈」, 『은빛 호각』 (창비 2003)

**이영광**    「귀가」, 『직선 위에서 떨다』 (창비 2003)

**이정록**    「장화」, 『정말』 (창비 2010)

**이정보**    「꽃 피면 달 생각하고」, 『고시조 대전』 (고려대 민족문화연구원 2012)

**이제니**    「중국 새」, 『왜냐하면 우리는 우리를 모르고』 (문학과지성사 2014)

**이현승**    「생활이라는 생각」, 『생활이라는 생각』 (창비 2015)

**이현호**    「만하(晩夏)」, 『아름다웠던 사람의 이름은 혼자』 (문학동네 2018)

**장석남**    「소일(消日)—1998년 봄」, 『왼쪽 가슴 아래께에 온 통증』 (창비 2001)

**정현종**    「또 하루가 가네」, 『세상의 나무들』 (문학과지성사 1995)

**정호승**    「술 한잔」, 『눈물이 나면 기차를 타라』 (창비 1999)

**진은영**    「기적」, 『훔쳐가는 노래』 (창비 2012)

**천양희**    「세상을 돌리는 술 한잔」, 『마음의 수수밭』 (창비 1994)

**허수경**    「혼자 가는 먼 집」, 『혼자 가는 먼 집』 (문학과지성사 1992)

## 잔을 부딪치는 것이 도움이 될 거야

초판 1쇄 발행 2019년 11월 20일

| | |
|---|---|
| **엮은이**<br>시요일 | **펴낸곳**<br>(주)미디어창비 |
| **펴낸이**<br>강일우 | **등록**<br>2009년 5월 14일 |
| **본부장**<br>박신규 | **주소**<br>04004 서울 마포구 월드컵로12길 7 |
| **책임편집**<br>김수현 이하나 | **전화**<br>02-6949-0966 |
| 디자인<br>장미혜 | 팩시밀리<br>0505-995-4000 |
| | 홈페이지<br>http://books.mediachangbi.com<br>http://thechaek.com |
| ISBN<br>979-11-89280-68-0  03810 | 전자우편<br>mcb@changbi.com |